O sentimento da catástrofe

Annie Le Brun

O SENTIMENTO DA CATÁSTROFE

ENTRE O REAL E O IMAGINÁRIO

Tradução e posfácio
Fábio Ferreira de Almeida

Apresentação
Eliane Robert Moraes

ILUMI/URAS

Copyright © 2016
Annie Le Brun

Copyright © desta edição
Editora Iluminuras Ltda.

Capa e projeto gráfico
Eder Cardoso / Iluminuras

Revisão
Jane Pessoa

CIP-BRASIL. CATALOGAÇÃO NA PUBLICAÇÃO
SINDICATO NACIONAL DOS EDITORES DE LIVROS, RJ
B919s

Brun, Annie Le, 1942-
O sentimento da catástrofe : entre o real e o imaginário / Annie Le Brun ; tradução Fábio Ferreira de Almeida, Eliane Robert Moraes. - 1. ed. - São Paulo : Iluminuras, 2016.
96 p. ; 20 cm.

Tradução de: Perspective dépravée: entre catastrophe réelle et catastrophe imaginaire
ISBN 978-85-7321-498-7

1. Desastres - Aspectos sociais. 2. Catástrofes naturais. I. Almeida, Fábio Ferreira de. II. Moraes, Eliane Robert. III. Título.

16-32021   CDD: 363.3492
              CDU: 364.682:551.515.4

2016
EDITORA ILUMINURAS LTDA.
Rua Inácio Pereira da Rocha, 389
05432-011 - São Paulo - SP - Brasil
Tel./Fax: 55 11 3031-6161
iluminuras@iluminuras.com.br
www.iluminuras.com.br

Índice

Apresentação
Do infinito como ponto de vista, 9
Eliane Robert Moraes

O SENTIMENTO DA CATÁSTROFE
Uma catástrofe inédita, 25
O sentimento da catástrofe, 31

Posfácio
A "perspectiva depravada" de Annie Le Brun, 85
Fábio Ferreira de Almeida

Sobre os autores, 95

Apresentação

Do infinito como ponto de vista

Eliane Robert Moraes

Sous la peau blonde à l'infini
caché est l'éclat du sang
sous le silence vert des pelouses
les volcans sont là.

Radovan Ivšić

Que lugar improvável da paisagem sensível poderia a poesia partilhar com a catástrofe?

Talvez seja essa a grande interrogação que orienta o pensamento de Annie Le Brun neste ensaio tão breve quanto vigoroso. Questão inusitada, cabe observar, que à primeira vista parece ser formulada unicamente para ser negada. Afinal, não seria a poesia uma espécie de contestação de todo e qualquer sentido que possa caber na palavra catástrofe? Mesmo nos poemas mais desesperançados, não restariam sempre traços de um sopro criador que resiste à força destrutiva das devastações? Não seria, enfim, a catástrofe uma antítese da poesia?

A essas questões, a autora de O sentimento da catástrofe *nos surpreende com uma resposta invulgar. Para tanto, ela nos incita a distinguir entre os desastres reais e os imaginários*, atentando ao equívoco que, não raro, consiste em se tomar uns pelos outros. Equívoco de sérias consequências, uma vez que, como recorda Le Brun, a catástrofe representa "uma das mais belas linhas de fuga do espírito humano". Prova disso, diz ela, está no fato de que não há "infância digna desse nome que não tenha escalado massivos de trens descarrilhados, que não tenha navegado por rios de lava, que não tenha constituído um reino sobre cidades libertadas".

É bem verdade que a criança, ainda alheia aos freios do mundo adulto, está livre para se abandonar a insólitas fabulações do desastre sem que o peso da culpa, seja ele instilado por valores religiosos ou éticos, venha imediatamente emudecer seu sonho. Sonho que está na origem da nossa atividade mental profunda, pois nos dispõe a devaneios que podem precipitar as mais arriscadas explorações do desconhecido sem os constrangimentos da realidade. Por isso mesmo, é desse sonho que nasce a possibilidade de conceber nossa própria condição — a condição humana — para além ou aquém do bem e do mal. Não é pouco, convenhamos, já que reside aí, nessa empreitada inaugural do imaginário, o princípio da liberdade do pensamento. Reside aí, igualmente, o fundamento de toda poesia.

Daí o alcance da notável definição que a autora propõe para o sentimento da catástrofe, ao afirmá-lo como "a primeira figuração da fenda do imaginário no mais profundo de nós. Fenda constante, cujo *desenho é uma forma de interrogar nosso destino, tanto quanto de responder a ele".* Daí, também, seu reiterado interesse pela imaginação do desastre e por alguns dos seus maiores artífices, como Rimbaud, Lautréamont, Victor Hugo, Alfred Jarry, Raymond Roussel, Michel Leiris e, obviamente, Sade.

"Gostaria de devastar a terra inteira, vê-la coberta por meus cadáveres" — desafia um libertino de La nouvelle Justine, *sonhando com uma devastação de tamanho porte que superaria os grandes feitos de Alexandre.*[1] *Como se sabe, passagens como essa se multiplicam na ficção sadiana, e com tal frequência que chegam a sugerir um vínculo de base entre a catástrofe e o erotismo. Exemplares, nesse sentido, são as cenas em que seus personagens expressam o desejo de copiar as "torpezas da natureza", como acontece com Juliette, ao visitar o vulcão Pietra-Mala na Toscana: "Ó natureza! Como és caprichosa! E não desejarias então que os homens te imitassem?".*[2] *Semelhante exaltação invade o impiedoso coração de seu comparsa Jérôme, que, em viagem pela Sicília, observa o Etna em chamas, clamando: "Boca dos infernos! Se, como tu, eu pudesse tragar todas as cidades à minha volta, quantas lágrimas não verteria!".*[3]

Ainda que tais enunciados impressionem pela fúria com que são expressos, engana-se por completo

---

[1] SADE, Donatien-Aldonze-François, marquês de. *La nouvelle Justine.* In: *Oeuvres complètes.* Paris: Jean-Jacques Pauvert, 1987, t. 7, p. 193.
[2] ID., *Histoire de Juliette.* In: *Oeuvres complètes.* Paris: Jean-Jacques Pauvert, 1987, t. 8, p. 591.
[3] ID., *La nouvelle Justine,* op. cit., p. 41.

quem os interpreta como um programa de ação convocando os indivíduos ao mais desvairado exercício da violência. Engano, aliás, que ocorre justamente quando não se consegue discernir o real do imaginário, tal como pode acontecer com as fabulações da catástrofe. Isso porque, como sustenta Le Brun, o que anima a imaginação sadiana é sempre uma violência poética, indiferente a qualquer ambição programática. Hipótese basilar da autora, que vai orientar seus diversos escritos sobre o marquês, com os quais este Sentimento da catástrofe *trava fecundos diálogos, estabelecendo os fundamentos de uma linhagem de escritores e artistas que, a partir do século XVIII, respondem à crescente descrença nos dogmas religiosos com a perspectiva infinita de um lirismo negador.*

Que o primeiro deles tenha sido Sade, sobre isso não resta a menor dúvida à ensaísta, para quem o imaginário catastrófico do escritor francês traduz um desejo de negação absoluta, que faz ruir o edifício cristão e humanista para não deixar pedra sobre pedra. Reconhece-se aí o sonho de devastação tantas vezes evocado pelos personagens libertinos, que o gênio criador de Sade reitera por meio de uma implacável devastação do pensamento. Desembaraçado de todas as crenças e doutrinas, o fundador da "Sociedade dos Amigos do Crime" deixa a imaginação entregue a si mesma e soberanamente livre para interrogar a terrível novidade de uma liberdade sem qualquer freio.

Ousadia sem precedentes, que esvazia a condição humana de toda sustentação ideológica, para vasculhar, nos subterrâneos de cada sujeito, as forças mais obscuras que o constituem, desvelando seu rosto noturno, inconfessável e incógnito à luz do dia. Não surpreende, pois, que o marquês vá buscar o fundamento de seu imaginário ateu na violência da natureza, elegendo o vulcão como sua imagem exemplar. E não seria por essa mesma razão que Dolmancé, o devasso de La philosophie dans le boudoir, *insiste na evocação do vulcão como "fantasia natural"?*

*

Contemporâneo de Sade, o terremoto de Lisboa, ocorrido em 1755, teve um impacto assombroso no pensamento europeu. A partir dele, tornou-se cada vez menos possível pacificar o espírito com as tradicionais representações do Dilúvio ou do Apocalipse que, por mais temíveis e tenebrosas, ainda guardavam a promessa de uma vida eterna a ser desfrutada ao lado de Deus. O cataclismo lisboeta, coincidindo com o declínio da fé que se irradiou pelo continente em meados do século, colocou os homens diante de uma tarefa tão inusitada quanto difícil: a de buscarem eles mesmos, num momento de extremo desamparo, o sentido da vida humana. E justamente nesse momento, recorda Le Brun, quando a concepção religiosa da catástrofe começava a perder sentido, surgia no horizonte um "imaginário catastrófico pululante que se revelará o único meio de apreender um mundo em vias de escapar a toda compreensão".

Não bastará, portanto, que o pensamento recorra com insistência à noção de negatividade, tal como dão testemunho as obras de Kant, Schelling, Hegel e outros filósofos europeus da segunda metade dos Setecentos. Será preciso igualmente figurar o caos, de forma ainda mais intensiva, como farão inúmeros contemporâneos do autor de Justine. Entende-se por que as fabulações as mais inusitadas, verbais ou visuais, vão proliferar na paisagem simbólica da época, abalando os alicerces da racionalidade iluminista com imagens de furacões, naufrágios, tempestades, enchentes, desabamentos e toda sorte de cataclismos. Em suma, um desejo de fim do mundo parece motivar a sensibilidade setecentista a partir de então, e com tal intensidade que alcança o século seguinte em proporções ainda mais surpreendentes. Talvez não seja exagero dizer que essa disposição vai atravessar os anos Oitocentos do começo ao fim, com particular vigor durante o romantismo, chegando até o século XX como um legado importante que fomentará o espírito inquieto das vanguardas.

Com efeito, ao longo desses duzentos anos, a tentação imaginária de um fim do mundo foi mil vezes retomada na literatura e nas artes para constituir uma espécie de utopia poética, que alimentou, *tal qual fonte caudalosa, uma energia crítica sem limites. Dos românticos aos simbolistas, dos expressionistas aos surrealistas, muitos cultivaram essa força negadora da realidade que lhes franqueava a invenção de realidades outras, mas sempre na contramão das ações concretas que atentavam contra a vida humana. Essas, como se sabe, também se multiplicaram a largos passos no século passado, seja com a ascensão do fascismo na Europa, que resultou em assustador saldo de mortos, seja com a efetivação da ameaça atômica que se instalou logo depois, ganhando dimensões planetárias. Diante da sombria evidência de que nada parecia deter o avanço da violência real, um dos testemunhos mais lúcidos foi dado por André Breton em 1948, ao escrever em* La lampe dans l'horloge: *"Este fim do mundo não é o nosso."*.[4]

Palavras categóricas que traduzem a inquietação de uma geração tão abalada com as atrocidades de um passado recente quanto com as perspectivas sinistras que se anunciavam no horizonte. Obrigados a confrontar a cena simbólica com os ímpetos destrutivos que assaltavam a cena histórica, os contemporâneos de Breton se comprometeram com a tarefa de repensar o ser humano impiedosamente, como fizera Sade, na tentativa de reconhecer as suas faces mais sombrias. Daí as imagens perturbadoras que abundam na estética vanguardista em

---

[4] BRETON, André, citado por Le Brun, Annie Le Brun. *Qui vive*. Paris: Ramsay-Jean--Jacques Pauvert, 1991, p. 72.

geral, muitas delas convergindo para temas como o sacrifício, a tortura, o suicídio e outras formas de violência. Afinal, como sintetizou Jean Starobinski, "numa época em que os verdadeiros monstros logo iriam exercer sua destruição todo-poderosa, esses poetas e artistas vinham evocá-la nos monstros imaginários".[5] Escusado dizer que, a exemplo das ficções setecentistas do desastre, os monstros ficcionais não acionavam qualquer programa de ação que pudesse ser confundido com as práticas então correntes de crueldade: ao contrário, sem a menor conivência com os assassinos que haviam entrado em ação, essas imagens do "mal" implicavam a conquista de novos territórios sensíveis, revestindo-se de notável poder de subversão.

Empenhada nessa busca, a geração modernista testemunhou o início de um processo que, depois da bomba atômica, se tornou fato corrente para todos nós: o declínio do sonho de catástrofe e sua normalização como dado real, cuja tenebrosa evidência é dada pelos recentes desastres de Chernobyl e Fukushima. Por isso, diz Le Brun, aquela tentação de fim de mundo que era induzida pelo desejo paradoxal de recriar o mundo foi embargada pela efetiva concretização da ameaça nuclear, cuja força de destruição parece ter se imposto ao nosso poder de negação.

---

[5] STAROBINSKI, Jean. "Face diurne et face nocturne". In: *Regards sur Minotaure*. Genebra: Musée d'Art et d'Histoire, 1987, p. 33.

Perigosa inversão de perspectiva, já que o sonho de devastação passou do infinito para a finitude, a ponto de privar a catástrofe do devir imaginário que ela sempre teve e de suprimir "aquela parte de desconhecido implícito de que ela era a portadora". Como consequência, ficamos privados da possibilidade de representar os perigos que de fato nos ameaçam e, impotentes para sonhar com o que nos excede, tornamo-nos resignados diante dos excessos que nos sujeitam.

Tal é o alcance deste livro. Tal é a gravidade que preside o pensamento de sua autora. Ao interrogar o sentimento de catástrofe na atualidade, Annie Le Brun retoma a disposição crítica de seus escritores e artistas de eleição, inscrevendo-se igualmente na fecunda linhagem do pensamento negativo. Por isso, seus escritos devem ser lidos como atos de resistência poética contra o tacanho "sentimento de realidade" que vem assolando o imaginário contemporâneo, ao qual ela opõe um ponto de vista que elege o infinito como horizonte. Mais do que nunca, é hora de ouvi-la.

O SENTIMENTO DA CATÁSTROFE

ENTRE O REAL E O IMAGINÁRIO

Annie Le Brun

Introdução
Uma catástrofe inédita

Em menos de duas décadas, as reflexões sobre a catástrofe, tema cada vez mais privilegiado, se tornaram quase um gênero, passando da deploração às instruções de uso. É bem verdade que a atualidade vem contribuindo para isso, ao renovar prodigamente os exemplos. Estes, por sua vez, não são de pouca monta, já que o leque de nossas desgraças recentes — sejam elas de origem química, alimentar, climática, industrial ou nuclear — se abre entre as catástrofes maiores que foram Chernobyl e Fukushima.

No entanto, se Chernobyl, com seus terríveis efeitos de longo prazo, continua a alimentar a crônica, não deixa de surpreender o tratamento relativamente discreto reservado a Fukushima, ainda mais se comparado ao tsunami tailandês de 26 de dezembro de 2004 ou mesmo à erupção do vulcão islandês Eyjafjöll, de abril de 2010. Sem dúvida, levando-se em conta os perigos evidentes e potenciais ligados às catástrofes de Chernobyl e de Fukushima, as autoridades russas e japonesas fizeram a mesma *opção de filtrar a informação a fim de maquiar às pressas a flagrante responsabilidade que lhes cabia. Assim, com o mesmo objetivo de simular que os estragos estavam sob controle, ambos os desmentidos pretendiam reiterar uma ilusão cada vez mais mentirosa, ao ponto de, nos dois casos, a opinião pública já não mais conseguir distinguir o desmentido da mentira.*

Assim, inaugurou-se um processo de indiferença ao pior *que ainda hoje caracteriza a recepção de Fukushima, processo induzido pelas sucessivas reclassificações do acidente, ao qual se atribuiu a princípio o nível 4 para, alguns dias mais tarde, ser reavaliado como nível 5 e depois, enfim, nível 7. Avaliação de gravidade equivalente àquela de Chernobyl, mas que tampouco teve o efeito tranquilizador de esclarecer aquilo que definitivamente não está esclarecido, dando testemunho de uma nova espécie de anestesia que vai de par com a impossibilidade de se representar o que está se abatendo sobre nós. Fala por si a desproporção entre os comentários sobre Fukushima e todo barulho em torno do tsunami tailandês, ou da erupção do vulcão islandês, da mesma forma como o número de participantes nas manifestações contra a energia nuclear após a explosão de Fukushima foi paradoxalmente proporcional à sua distância do teatro de um acontecimento cuja gravidade pôde passar por incerta, ainda que extrapolasse tudo o que poderíamos imaginar. Por que, convém perguntar, o tsunami que enlutou as férias de Natal de turistas europeus ou as cinzas do vulcão que interromperam por várias semanas metade do tráfego aéreo terão merecido mais atenção que o tremor no Japão? Não foi este último, então, com o dilaceramento de quatro reatores nucleares, que desencadeou fenômenos imprevisíveis de contaminação, fenômenos estes considerados atualmente ainda mais alarmantes que os de Chernobyl?*

A rigor, as catástrofes provocadas pelo tsunami tailandês ou pelo vulcão islandês eram, aparentemente, naturais e não representavam ameaça alguma para a ideologia tecnicista. Não é diferente o que ocorre com o desastre de Chernobyl, que, no fim das contas, será implicitamente atribuído à imperícia do antigo sistema soviético, considerado pouco apto para controlar a energia nuclear e surpreendido em sua carência de tecnicidade. Por outro lado, as coisas se passaram de maneira completamente distinta com o desastre de Fukushima, que, ao contrário, resultou de um conjunto de fatores indissociáveis das escolhas fundamentais da sociedade pós-industrial e de sua sujeição à potência nuclear, a ponto de se construírem sobre uma falha sísmica 54 reatores nucleares, num país em que a lembrança das primeiras bombas atômicas jogadas sobre Hiroshima e Nagasaki, em 1945, não podia deixar qualquer dúvida sobre os riscos que estavam em jogo.

Como, então, deixar de interrogar a neutralização imposta a tais acontecimentos, que são, na realidade, tão emblemáticos de nossa época quanto foi o terremoto de Lisboa, de 1755, em seu tempo?

Não se assiste, como no evento do século XVIII, a uma significativa acumulação de fatores desencadeantes e, por consequência, a uma total revisão dos valores? Passado o pasmo dos primeiros dias, que se pode entender como a base de certa tomada de consciência coletiva, é forçoso constatar que o debate arrefeceu muito rapidamente. E isso não apenas em decorrência das inúmeras promessas de avaliação das centrais nucleares europeias ainda em atividade, mas sobretudo graças à escandalosa alegação, reiteradamente repetida, de um pendor para a fatalidade que se confundiria com o gênio japonês. Questão que nem as mais justas análises ambientalistas[1] puderam se dar conta, mesmo estando no local, pois quando se tornou impossível camuflar certas evidências, governantes e governados viram-se envoltos numa mascarada para aceitar e fazer aceitar o inaceitável.

Espanta ainda o fato de que tal consenso no interior do Japão, que repercute mundo afora, sob o pretexto de reconhecer a dignidade silenciosa de um povo aguerrido ante toda espécie de cataclismos, não tenha sido percebido como uma nova etapa de submissão à ordem das coisas, correspondendo a um nível inquietante de servilismo que se afere em escala mundial. Tanto que, se as relações entre catástrofe imaginária e catástrofe real me inquietavam em 1989, eu ainda ignorava que Günther

---

[1] Penso, por exemplo, na reflexão de Agnès Sinaï no artigo "Sortir d'urgence de notre mode de croissance" [Abandonar urgentemente nosso modo de crescimento], publicado em 19 de março de 2011 no *Le Monde*.

Anders havia pressentido desde os anos 1950 a pane do imaginário que eu então descrevia. Partindo da radical novidade da situação atômica, ele realmente conseguiu mostrar como nos encontrávamos cada vez mais subjugados pelo que produzíamos, justamente por não podermos representar nem a extensão nem a natureza dos efeitos da técnica. De fato, era o mesmo fenômeno que eu evocava, mas visto do interior, constatando a que ponto a realidade atômica barrava nossa imaginação, chegando a impor sua força de destruição ao nosso poder de negação, capaz de desdobrar o infinito de suas perspectivas imaginárias.

Assim começava o reino de uma miopia geral que nos deixava cada dia mais incapacitados para avaliar as consequências desastrosas, ao ponto de não mais sabermos discernir o que ligava a causa ao efeito. De modo que, em poucas décadas, o imaginário catastrófico ficou reduzido à figuração de acidentes cuja gravidade espetacular servia de pretexto para glorificar uma técnica definitivamente salvadora. Que nos recusemos a enxergar isso constitui em si uma catástrofe inédita, que hoje chega a ultrapassar todas as demais. Ou seja, se coube a René Rissel e a Jaime Semprun mostrar, em 2008, quais "submissões duráveis" induziram os discursos do catastrofismo, quase todos trabalhando, de perto ou de longe, na "administração do desastre",[2] não

---

[2] Rissel, René; Semprun, Jaime. *Catastrophisme, administration du desastre et soumission durable*. Paris: Ed. de l'Encyclopédie des Nuisances, 2008.

se deveria dar a mesma importância à busca de uma perspectiva imaginária que pudesse, como um "capricho de inversão óptica", nos fazer "ver as coisas onde elas não estão"? Não seria, então, essa perspectiva capaz de nos revelar um ponto de fuga que, invisível, ainda pode representar a garantia de nossa liberdade?

julho de 2011

O sentimento da catástrofe

O texto a seguir é a ampliação de uma conferência sobre a catástrofe proferida em 18 de maio de 1989, no *Botanique* de Bruxelas. Sem pretender formular um ponto de vista definitivo sobre a questão, não busquei dar a estas reflexões uma unidade formal, o que não faria jus ao seu caráter deliberadamente inacabado.

Há uma maneira involuntária de recuperar o que nos escapa no barulho do tempo. Do acaso dos encontros por vezes surge aquilo que tivemos o desleixo de apenas entrever sem pensar em retomar, ou a preguiça de desenvolver, contando, ao contrário, com uma retomada futura. Isso prova que não é preciso pensar, salvo quando se torna imperativo tentar compreender e imaginar uma saída. Nesse aspecto, o pensamento estaria em parte ligado à catástrofe, e ao mais profundo de nós mesmos.

Ainda assim, quando não sucumbimos ao desespero, tentamos seguir em frente, e até chegamos a fingir que não é assim, apesar de tudo. A vida continua, dizem os imbecis, e eles têm razão, pois não pode ser de outro modo. Mas eles também se enganam, porque a noite, sobre a qual sempre haverá um deles para proclamar com satisfação que todos os gatos são pardos, tal noite é atravessada por uma fauna tanto mais inquietante na medida em que não distinguimos nem suas formas nem suas cores.

Dito de outro modo, a vida continua, e também o pensamento, mas alhures. Nem deveras inconsciente, nem deveras consciente, aproveitando o mais ínfimo despiste para escapar à pressão da necessidade, para errar, até mesmo parar e deixar passar sobre si o vento, ou quebrantar nas águas turvas do incerto.

Assim, há pensamentos que, escondidos, entorpecidos e, contudo, prontos a se animarem, esperam que a mínima presença estranha venha lhes atormentar o descanso. Talvez esperássemos até mesmo que todo encontro viesse abalar a hierarquia, quase sempre precária e sempre fictícia, de nossas preocupações, desviando de repente o curso da reflexão para trazer à luz o que havia se instalado na penumbra.

Há então ideias que, desalojadas, assumem proporções de tal forma inquietantes que seu retraimento talvez tivesse por fim prevenir o próprio desenvolvimento: nós as teríamos mantido à distância para poder contorná-las sem ter que negá-las. Cada um de nós cuida de preservar tais reservas de ideias que, à condição de parecerem inativas como vulcões, constituem parte de nosso ambiente, mobiliando-o, diria, com tudo o que a expressão possui de derrisório e de verdadeiro.

Assim como muita gente nos dias de hoje, andei às voltas com a ideia de catástrofe, que, sem dúvida, me preocupava havia muito e por razões diversas, sem encontrar em mim a força para poder enfrentá-la. Pois existe uma energia física sem a qual a reflexão não avança, ou melhor, não vai até onde precisaria ir, ainda que fosse apenas para mudar de perspectiva. Só uma intervenção exterior pode incitá-la a *sair*, mais exatamente a triunfar sobre a insidiosa inércia que, no fim das contas, nos mantém em conforto muito mais do que em equilíbrio. Fadiga de pensar? Talvez. Mas sobretudo indolência, o que equivale a resistências até mais agudas. E por certo não teria retornado à ideia de catástrofe se Pierre Yves Soucy, muito mais preocupado com tudo o que dizia respeito ao tema nos anos 1980, não me tivesse relembrado uma frase que escrevi um ano antes em *Appel d'air*:

> Há no fundo do homem um persistente sentimento da catástrofe, persistente como o eco remoto de pulsões de longuíssimo alcance cuja amplitude por vezes conseguimos, assombrados, perceber, mas cuja origem nos escapa. Talvez vivamos mesmo ao ritmo de erupções interiores, manifestando-se à mercê de linha de fratura, que estão tanto em nós quanto fora de nós.[1]

Essas linhas, se bem me lembro, eu as havia escrito sem colocá-las em questão, talvez para afirmar à reflexão uma certeza íntima que

---

[1] Le Brun, Annie. *Appel d'air*. Paris: Verdier, 2012. (N.E.)

servia para combater obscuramente a falsa familiaridade com a catástrofe que, doravante, fatos e ficções pareciam nos impor. Como se o inquietante fosse menos a ampliação de um sentimento da catástrofe que sua banalização. Banalização que chegava até mesmo a modificar a curiosa dialética que, desde sempre, unia catástrofe real e catástrofe imaginária, pois, devido às suas consequências — em grande parte ainda imprevisíveis —, desastres recentes tinham ultrapassado ou corriam o risco de ultrapassar tudo o que dava asas à nossa imaginação.

Algo estava em vias de mudar e de mudar a nós mesmos, incluindo até o nosso medo, pois através da noção de catástrofe a relação entre o real e o imaginário parecia se inverter. E invertendo-se essa relação, todas as perspectivas pareciam se desarranjar, de modo que talvez houvesse aí outro ponto de vista a partir do qual considerar uma modernidade cujo fim ainda não estávamos aptos a perceber. Tal foi, creio agora, a razão que me motivou a retornar a essa questão.

*

Mas havia também o sentimento da necessidade — aberrante, devo dizer — de não deixar que o valor de uma palavra forte se perdesse na movência dos tempos. Para mim, na floresta virgem das imagens onde nossa infância continua a buscar suas paisagens, a palavra catástrofe havia sido uma dessas linhas de força que possibilitam os mais vigorosos impulsos. E a cada vez que a ela retornava, ela nunca me traiu, e melhor que qualquer varinha mágica, conseguia lançar de um golpe, sobre o que entrava em ordem, uma luz trêmula de aurora e de caos. Eu não aceitava que ela pudesse desaparecer nas texturas da moda. E talvez menos ainda que ela viesse a reluzir com um novo prestígio científico.

Refiro-me, evidentemente, à famosa "teoria das catástrofes". Essa que é, em sua acepção mais geral, "uma teoria do dinamismo universal", segundo a qual "tudo o que existe como algo único e individual apenas existe assim na medida em que é capaz de resistir ao tempo — a certo tempo", como destacava seu inventor, René Thom.[2] Tal uso da palavra simplesmente retira dela o valor de evento excepcional que a caracteriza. E, porque o termo convinha à análise de todo e qualquer fenômeno cujas causas variam de maneira contínua para provocar efeitos descontínuos, a palavra — mas igualmente a coisa — vinha tanto se inscrever implicitamente em nossa cotidianidade, como talvez inscrever nossa cotidianidade numa nova ordem da catástrofe.

Aliás, justificando a existência dessa teoria, ao destacar que "finalmente a escolha de fenômenos

---

[2] "Local e global na obra de arte", conferência proferida em 22 de abril de 1982, no Auditório Piaget, em Genebra. In: *De la catastrophe*. Genebra: Centre d'Art Contemporain, 1982, p. 43.

considerados cientificamente interessantes é sem dúvida largamente arbitrária", René Thom colocava, desde 1972, a seguinte questão:

> Fenômenos *familiares* em quantidade (a ponto de não mais chamarem a atenção!) são, no entanto, difíceis de teorizar. Por exemplo, as salamandras num velho muro, a forma de uma nuvem, a queda de uma folha morta, a espuma num copo de cerveja. Quem sabe se uma reflexão matemática um pouco mais sofisticada sobre essa espécie de pequenos fenômenos não se revelaria, por fim, mais útil à ciência?[3]

Questão cujo mérito, entre outros, era o de esclarecer antecipadamente o "considerável impacto terminológico" que, de acordo com René Thom dez anos mais tarde, teria assegurado à "teoria das catástrofes" sua "notoriedade tantas vezes discutida".[4]

Discutida ou discutível, essa notoriedade não era menos justificada, dado que a sofisticação da pesquisa matemática coloca a catástrofe ao nosso alcance. Pela primeira vez, com efeito, a catástrofe parecia escapar à ordem do excesso, e isso precisamente no momento em que ela escapava ao imaginário para se tornar nossa ameaça mais real.

A confusão semântica era contestável, mas, como sempre, de modo algum gratuita: de tal

---

[3] *Stabilité structurelle et morphogénèse. Essai d'une théorie générale des modèles*, citado por K. Pomian, "Catastrophe et déterminisme". In: *Libre*, n. 4. Lausanne: Payot, 1978, p. 135. Os itálicos são meus.
[4] "Local et global dans l'oeuvre d'art", loc. cit., p. 42.

forma havia algo de essencial que atuava em torno da ideia de catástrofe que, até então, a palavra tinha sua notoriedade garantida pela estabilidade e pela coerência dos diferentes sentidos que havia assumido na Antiguidade. Trata-se mesmo de um paradoxo que merece ser destacado: a constância caracterizava a evocação da mais brutal mudança, pois desde sua aparição na língua francesa, com Rabelais em 1564, as diversas acepções do termo não o distanciavam de sua raiz etimológica, para designar, antes de tudo, um transtorno produzido por inversão, causando uma reviravolta que, pouco a pouco, iria significar destruição, calamidade, desastre, cataclismo, flagelo, drama.

Quer dizer, um acontecimento súbito e violento que carrega em si mesmo a força de mudar o curso das coisas. Um acontecimento que é, a um só tempo, ruptura e mudança de sentido e, por isso, pode ser tanto um começo como um fim. Em suma, um acontecimento decisivo que perturba a ordem do mundo, embora também possa levar a um outro mundo. Daí o paradoxo da constância semântica da palavra: embora por vezes contraditórios, os diferentes sentidos que ele abrange historicamente têm em comum privilegiarem o momento em que a modificação se torna evidente, o instante mesmo da quebrada da onda.

Pode ser bizarro, mas é o que ocorre com a "catástrofe trágica", que fez perdurar até o século XVIII a acepção grega segundo a qual a palavra remetia aos sentidos de terminar, concluir e até mesmo morrer. No entanto, pela devastação física e espiritual que ela acarreta, levando a confundir — mesmo da maneira mais previsível — o fim da tragédia e a morte, essa "catástrofe trágica" se abre para o desconhecido e preserva uma dimensão imprevisível para recuperar a acepção forte da catástrofe que, implicando a realização do improvável, assombra desde sempre o espírito humano.

Contudo, se a grande Enciclopédia nos dá precisa e exclusivamente esse sentido da "catástrofe trágica", não se poderá negligenciar o fato de que a noção de catástrofe começa a inquietar o século XVIII sob outras denominações. Penso particularmente no Dilúvio, que, óbvio, nunca deixou de desempenhar o papel da catástrofe fundadora para o Ocidente, mas que, nesse momento preciso, acaba por influenciar a ciência geológica então nascente atingindo-a em seu cerne, isto é, no problema da datação. Por exemplo: em *Époques de la nature*, Buffon se limita a presumir a data dessa catástrofe primordial, por mais que sua hipótese sobre a formação do sistema solar colocasse em jogo uma outra catástrofe: a do cometa que tocava o Sol, causando seu esfacelamento em planetas.

Antes do "catastrofismo" de Cuvier, para quem as súbitas revoluções climáticas trazem a renovação catastrófica das faunas, há de se destacar a insistência do século XVIII em fazer da ideia de catástrofe uma noção-chave em matéria de evolução. Assim, o geólogo Deluc, estimando que a "formação de montanhas exige 'revolução sobre revolução'", fica "chocado com a desordem das camadas que apresentam uma 'aparência de ferida' ou 'de edifício reduzido a ruínas'".[5] Mas pode-se também enxergar, na própria constância da referência à catástrofe, as imagens que a época escolhe inconscientemente para si, a fim de figurar a ameaça que ela pressente sob as perspectivas reconfortantes de uma razão triunfante. Como se a noção de catástrofe emergisse desde que o homem se interroga sobre si mesmo.

Com efeito, do caos ao Apocalipse, do Dilúvio ao fim dos tempos, da torre de Babel ao Ano mil, da desordem que engendra a ordem nos mitos fundadores à tábula rasa que conduz à "grande noite", inúmeras são as construções imaginárias que remetem à catástrofe como a uma constante em torno da qual a humanidade buscou se definir, estabelecendo sua relação com o mundo sob o signo do acidental.

Primeiro, transformando o curso do tempo: se o Apocalipse, catástrofe das catástrofes, introduz ao fim dos tempos — "Quando tiver chegado

---

[5] GOHAU, G. *Histoire de la géologie*. Paris: La Découverte, 1987, p. 131.

o fim dos tempos, lê-se nos *Escritos intertestamentários*, o mundo cessará, grassará a morte e o inferno fechará sua boca" —, não há catástrofe que não quebre a continuidade e modifique radicalmente nossa relação com o tempo.

Mas também mudando nossa relação com o espaço, pois, com a catástrofe, o excesso se torna realidade, acarretando uma mudança de escala que, por vezes, pode até mesmo sugerir o impossível de uma percepção física do infinito.

Tendo por consequência essa precipitação do homem para fora de suas medidas e de suas representações do mundo, chegando a reduzi-lo a nada mais que o elemento insignificante de um fenômeno cujas leis lhe escapam, a noção de catástrofe implica então uma reviravolta da relação do humano com o inumano. Assim sendo, ela se torna uma maneira inestimável de medir a desmesura que nos funda. Mas também de nos lembrar o quão desconhecidos somos de nós mesmos.

*

Diante da banalização do sentimento da catástrofe, talvez fosse essa brusca intimidade com o inumano o que eu desejava salvaguardar como acesso a uma riqueza ilimitada da qual estávamos sendo privados, como um poder que até então tivesse estado ao nosso alcance e que pouco a pouco nos era retirado. Não que tivesse me considerado minimamente detentora dele quando quer que fosse. Talvez eu estivesse tão somente mais consciente do feixe de infinito que os homens, desde sempre, viam e não viam através de sua fascinação pela catástrofe, buscando nessa grandiosa figura da destruição, para além de uma especulação sobre a morte, a repentina revelação física do que eles não eram. Pois, imaginada ou real, a catástrofe possui a força prodigiosa de surgir como a objetivação daquilo que nos excede. É justamente por se desdobrar em arcobotante entre o real e o imaginário que ela continua nos atraindo como uma das mais belas linhas de fuga do espírito humano.

Aliás, não conheço infância digna desse nome que não tenha escalado massivos de trens descarrilhados, que não tenha navegado por rios de lava, que não tenha constituído um reino sobre cidades libertadas [...]. O sentimento da catástrofe é, sem dúvida, a primeira figuração da fenda do imaginário no mais profundo de nós. Fenda constante, cujo desenho é uma forma de interrogar nosso destino, tanto quanto de responder a ele. Mas também um expediente paradoxal para enfrentar, tentando representá-las, as situações da mais extrema desordem ética. No mais, ainda que vista como punição divina que serve para confortar a ordem cristã, não há fim do mundo que não remeta a essa necessidade de figurar um caos, cuja emergência é, para nós, sempre esperada e temida.

Precisamente por essa razão, o terremoto de Lisboa constitui um acontecimento capital, que, marcando o fim da concepção religiosa da catástrofe, se abre para a liberdade de um imaginário catastrófico pululante que se revelará o único meio de apreender um mundo em vias de escapar a toda compreensão.

Mas há primeiro a evidência: o fato de que o desastre de Lisboa, com suas 20 mil vítimas, leva cientistas e filósofos — Leibniz, Pope, Wolff, Voltaire ou Rousseau — a debaterem a questão da Providência, indicando que ela é objeto das mais violentas interrogações. Lembremo-nos de que, depois de seu *Poema sobre o desastre de Lisboa* (1756), três anos bastam a Voltaire para daí tirar as consequências filosóficas em *Cândido* (1759), cuja doutrina do otimismo é, no fim das contas, definida como "a fúria de sustentar que tudo está bem quando tudo está mal". Ainda assim, em sua análise de *O pensamento europeu no século XVIII*, Paul Hazard, ao designar essa catástrofe como acontecimento maior que carrega em si mesmo a refutação imediata da tese dominante: "tudo vai bem no melhor dos mundos", insiste com razão na lentidão de suas repercussões definitivas. Prova disso é que em suas *Considerações preliminares acerca do otimismo* de 1759, Kant ainda se coloca próximo de Leibniz, e só muda seu ponto de vista em 1791, quando escreve *Sobre o insucesso de todos os ensaios de teodiceia.*

Lentidão altamente significativa de uma sideração da racionalidade que, de repente, se mostra inapta a dar conta do que está sendo vivido pelos homens. A tal respeito, nunca é demais insistir sobre o alcance ilimitado do *Cândido*, cuja força de reflexão derrisória é, em si, um anacronismo no momento em que o terremoto de Lisboa também inverte a expressão de uma razão que, por meio da doutrina do otimismo, se reconcilia com o mundo. Pois esse desastre é, antes de tudo, a catástrofe que rompe o acordo extraordinário — jamais realizado antes dos anos 1740-1750 — entre filósofos, moralistas, religiosos e poetas em defesa do otimismo, reunindo todos em torno de uma visão de mundo tão moderadora quanto racionalizante. Com efeito, a força de tal consenso vem do fato de que a doutrina do otimismo corresponde à consumação de uma formidável tentativa de racionalização do religioso. Donde a importância do terremoto, que, de um só golpe, põe fim a uma das mais consequentes tentativas de pacificação do pensamento. Realmente, o desastre de Lisboa atinge tanto a noção de Providência quanto o sonho racionalizante do qual então ela ainda se nutria. Não é por outra razão que esse rascunho filosófico que é o *Cândido* cambaleia, completamente impotente para deter a força das nascentes do indefinível *mal de vivre*

que vai se impor em seguida. Espanta que, ainda hoje, continua-se a celebrar o *Cândido* sem levar em conta a que ponto o recurso à razão, ainda que magnificamente reluzente no conto de Voltaire, mostre-se inútil em face da prova desconcertante de sua inaptidão em conceber a turbulência dos seres e das coisas.

De Leibniz a Pope, passando por Madame du Châtelet, Von Haller e mesmo Kant, não há, realmente, doutrina nem sistema que esteja à altura nem sequer de evocar a amplitude do que se produziu com o aniquilamento de Lisboa. Essa cidade rica, acolhedora, pitoresca, mas ainda muito devota, repleta de igrejas e de conventos, de repente foi devastada pelo terremoto, ao qual se seguiu imediatamente uma inundação, e, por fim, ainda foi pilhada por seus próprios habitantes. A verdadeira catástrofe é que o impensável aconteceu, dado que Deus, a natureza e os homens revelaram-se de um só golpe totalmente diferentes do que havia se pensado que eram até então. Impressionante também, mas não do mesmo modo que as casas em escombros, os monumentos destruídos ou as igrejas ao chão, é esse amontoado de teorias fracassadas, de ideias em ruínas e de crenças esfaceladas que fazem com que o desastre de Lisboa deixe o século desamparado.

Estou convencida de que o sentimento da catástrofe nasce aí, nesse horizonte transtornado, a partir do momento em que tal sismo sem precedentes, despedaçando repentinamente balizas religiosas e filosóficas, faz surgir, catastrófica, a questão do sentido, cujas infinitas repercussões evocam, em reação, o excesso de imaginário. Questão verdadeiramente catastrófica: basta que ela se coloque para que, de súbito, desabem as construções éticas e os sistemas de representação.

Assim, em menos de vinte anos a sensibilidade europeia é invadida pela figuração de desastres imaginários que têm por característica essencial fazer emergir *a catástrofe em estado puro*, livrando-a de toda referência religiosa, como se o recurso ao imaginário servisse, antes, para liberar o espírito de suas travas, a fim de tornar possível pensar de outro modo. Eis que às clássicas representações do Dilúvio ou às tradicionais figurações do Apocalipse substituem-se, depois do impressionante *Recueil des plus belles ruines de Lisbonne*, de Jacques-Philippe Le Bas (1757), inúmeros quadros de tempestades (Vernet), de naufrágios (Pillement), de ventanias (Lautherbourg), de vulcões (Voltaire), de enchentes (Valenciennes), cada um menos realista que o outro, como que para figurar, por sua desmedida imaginária, o impossível enfrentamento com um sentido que jamais cessará de se esquivar.

Ilusão, talvez. Mas ilusão de óptica particularmente atuante, pois não é apenas o olhar que

se encontra modificado, mas, ao que parece, também a paisagem, onde se distingue o que não se sabia ver, onde se leva em conta o que não se queria ver. Outras energias surgem aí, transformando aos poucos a ideia que o homem tinha da natureza e de si mesmo. Nada há de fortuito no fato de que nesses anos florescem os estudos de vulcanologia, com os primeiros trabalhos de Faujas de Saint Fond (1788) e os de William Hamilton, ligados às célebres erupções do Vesúvio de 1771 e 1779. Por si só, as duas relações — suntuosamente ornadas de "desenhos feitos e coloridos de acordo com a natureza" — que William Hamilton elaborou sucessivamente em 1776 e, depois, em 1779, sugerem o interesse suscitado por tais catástrofes. E o marquês de Sade, de quem se conhece a fascinação pelos vulcões que visitou na Itália entre 1775 e 1776, até ser preso em Vincennes, mantinha-se informado da grande erupção de 1779 por seu criado Carteron, cujas cartas de 7, 23 e 29 de setembro fornecem uma narrativa muito bem circunstanciada, enriquecida de excertos de jornais napolitanos.

Cabe lembrar, de passagem, o que testemunha um dos heróis de *La nouvelle Justine*:

> Um dia, observando o Etna, cujo seio vomitava chamas, desejei ser este célebre vulcão.

*

O sentimento da catástrofe jamais havia sido formulado assim, no esplendor de seu desdobramento erótico. E nunca mais o seria, com exceção do caso único de *Os cantos de Maldoror*,[6] como jamais o será depois da censura se impor às implicações eróticas do desejo de negação absoluta que assombra o imaginário catastrófico. Aliás, se o indivíduo romântico, reconhecendo-se nos descaminhos da natureza, pouco a pouco toma consciência das terríveis forças que ele carrega, convém notar que tal apropriação do sublime marca distância da perspectiva erótica revelada por Sade. Esta, ao contrário, é logo assimilada pela concepção romântica da paisagem, que, na verdade, supõe um formidável recalque. Sempre grandioso, o espetáculo da natureza teria inclusive a função de incitar o indivíduo a se confundir com ela, para que se apagasse nele todo indício natural de um enraizamento negador do desejo, do qual o sentimento da catástrofe seria uma longínqua mas persistente arborescência. Nesse sentido, a verdadeira poesia — e nisso ela vai ao encontro da catástrofe — consistiria em sacudir os bosques adormecidos de uma paisagem cuja grande perspectiva erótica se tenta o tempo todo camuflar.

---

[6] LAUTRÉAMONT, Conde de. *Os cantos de Maldoror*. Trad. Cláudio Willer. São Paulo: Iluminuras, 2005. (N.E.)

Mas eis que me precipito, fascinada pelo sentido dessa paixão pelo vulcão presente em Sade, que chegou ao ponto de nele encontrar o fundamento de seu lirismo ateu. Por mais excepcional que seja, a paixão sadiana não poderia disfarçar o impacto real e imaginário das erupções do Vesúvio, duas décadas depois do evento de Lisboa. Antes de tudo, a impressão que tais erupções suscitam diferem radicalmente daquelas do desastre de 1755, por já não mais suscitarem especulações de ordem religiosa. O fato de serem apreendidas unicamente de um ponto de vista científico ou imaginário (as ilustrações não raro tornam difuso o que separa um do outro) impõe a mudança de perspectiva. Não se trata mais de flagelo de Deus nem de punição divina, mas de *acontecimentos* cujas imagens tomam a dianteira de uma sensibilidade inquieta.

Tampouco é por acaso que a Europa, no mesmo momento, se veja tomada por um repentino fascínio por Herculano e Pompeia, aos quais se começa a prestar atenção depois de uma espera de dezoito séculos. Com efeito, em 1754 são empreendidas escavações que, descoberta após descoberta, resgatam a cidade sepultada, e as imagens e perspectivas revolvidas são tantas que organizam um verdadeiro teatro da catástrofe. Como se uns e outros fossem aos poucos reconhecendo ali o cenário que os liga de novo a um mundo cuja compreensão lhes havia escapado.

Um gosto contemporâneo por livros sombrios, por tempestades e ventanias — que à época são chamados de romances negros ou góticos — também carregam, nas profundezas do imaginário, o pressentimento da imensa mudança de sensibilidade que vai corroendo a época das Luzes.

Todos os que não se deixam seduzir pelos tons pastéis do idílio, ou pelas imagens reconciliadoras de uma idade de ouro, opõem ao imaginário solar um sentimento de catástrofe, que passa a figurar então como a única relação que um indivíduo pode conceber com a natureza. Indivíduo afrontado, dentro e fora de si, com a questão do mal e, forçosamente, com a questão do sentido, em paralelo ao aumento da descrença. Nesse momento de incerteza geral, desenha-se contudo uma nova e inquietante certeza: a mesma violência assombra a natureza e o coração humano, uma violência incomensurável.

E precisamente nesse momento, quando ainda não se tem consciência de que um mundo está prestes a ruir, um abalo cada vez mais intenso faz surgir ruínas por toda parte: das ruínas de Young àquelas de Diderot ou de Thomas Whately, das ruínas de Hubert Robert às de Piranèse, sem esquecer as de Pannini e de Jackson, todas elas vêm ocupar a paisagem imaginária para evocar, não mais a catástrofe como tal, mas o que dela resulta, a *devastação*.

    Essas florestas de ruínas por certo cederam lugar, hoje em dia, às nossas ruínas de floresta. Além disso, resta ainda um estranho paralelo entre a emergência do imaginário catastrófico do final do século XVIII e seu ressurgimento no decurso dos últimos cinquenta anos. Até mesmo numa determinação do pós-catástrofe, a aproximação parece possível, pois, há mais ou menos dez anos, as imagens de devastação se impõem às imagens de desastre. Cabe, portanto, perguntar o que pretende nossa época ao deixar de levar em conta uma catástrofe que lhe serviu para imaginar, desde a Segunda Guerra Mundial, as mais diversas formas de interrogar um universo privado de sentido. Será esse o meio de dissimular, mas igualmente de evocar, uma dificuldade análoga àquela que o fim do século XVIII experimentava para conceber o mal num mundo em que a referência divina se esvanecia? Dificuldade para a qual a filosofia das Luzes, vale lembrar, logo se revelou incapaz de dar uma resposta, mas que Kant, Schelling e Hegel, cada qual a seu modo, decidiram enfrentar indiretamente por meio da noção de negatividade, que parece ter sido concebível apenas depois do imaginário catastrófico ter logrado livrar a consciência europeia da impregnação ética de um princípio do mal.

Infelizmente, isso não quer dizer que tal princípio tenha desaparecido em definitivo de nosso horizonte. Para vê-lo reaparecer numa escala coletiva, acompanhado de toda quinquilharia transcendente e culpabilizante, basta que o homem não mais compreenda sua infelicidade ou, melhor, que sua infelicidade exceda o que a noção de negatividade — por mais elaborada que seja — pode dar conta. Não foi outra coisa o que aconteceu nos dias 6 e 9 de agosto de 1945, com os primeiros bombardeios atômicos, revelando sem controvérsias a catástrofe inimaginável, não mais como fato divino ou natural, mas como fato humano. Fato que recolocou em questão o imaginário inteiro e, com ele, a possibilidade de um sonho de catástrofe que pudesse nos ajudar, como no século XVIII, a considerar a condição humana além ou aquém do bem e do mal.

Não há dúvida de que as atuais variações sobre o tema da devastação procedem do desejo de imaginar, juntamente com a insensata esperança de conjurá-los, os resultados ainda imprevisíveis de uma situação cuja complexidade nosso pensamento não consegue alcançar: entre os campos de extermínio nazistas ou soviéticos e as calamidades nucleares do mundo dito livre, sem mencionar a poluição planetária, haverá ainda sentido para a noção de escolha? Porém, ainda que se trate de uma dispersão de pontos de apoio essenciais — comparável à que resultou

da crescente incredulidade no fim do século XVIII —, seu esclarecimento é completamente distinto. Há devastação e devastação: a que hoje nos ocupa não resulta, como no século XVIII, de catástrofes naturais, mas de catástrofes provocadas devido ao menosprezo pelo equilíbrio da natureza. Com ou sem razão, desmesura ou excesso parecem já não mais nos amedrontar, ao passo que receamos os efeitos mais ou menos previsíveis de uma natureza ultrajada. A grande novidade agora é que, dia após dia, os fatos vêm confirmar e amplificar esse medo.

Isso muda tudo: se o espetáculo da catástrofe natural incitou o século XVIII a sonhar com a catástrofe a ponto de suscitar meditações tão portentosas como as de Sade, as catástrofes reais das últimas décadas parecem ter levado esse sonho às raias do possível. Virada que destrói por completo o lirismo negador que, com sua perspectiva infinita, da época das Luzes até a nossa, caracterizou o imaginário catastrófico.

*

Não sei se a ilustração disso tudo pode ser encontrada nas inúmeras ficções cinematográficas ou literárias, frutos de uma mesma sideração em face da bomba nuclear, em que — salvo raríssimas exceções, como o filme *On the beach* (1959) ou a novela de Jean-Pierre Andrevon, *Le monde enfin* (1975) —, o fim do mundo deixou de ser representado, precisamente quando, pela primeira vez, dispomos dos meios de provocá-lo. E igualmente quando nos lançamos na mais frenética especulação a respeito dos múltiplos desastres que se prefiguram com a modernidade. Continua sendo verdade que o fato de se poder prefigurá-los não suscita mais que imagens previsíveis, para não dizer realistas, dando provas de uma retração do imaginário catastrófico. Nesse sentido, também se poderia dizer que as atuais catástrofes — epifenômenos de uma relação com o mundo cuja natureza essencialmente catastrófica desejamos ocultar —, não só deterioram a paisagem real como atentam contra nossa paisagem imaginária, fazendo o sonho de aniquilamento passar do infinito para a finitude. E a pobreza do que chamamos de filme de catástrofe o mostra com toda brutalidade dos produtos de grande consumo: incêndios de arranha-céus gigantescos, rupturas de barragens colossais ou inundações de arquiteturas subterrâneas são apresentados como casos particulares para evidenciar, de modo mais pontual, o preço que o homem deve pagar por não ter querido prestar atenção ao mundo no qual vive. Mas, ao mesmo tempo, para esconder que a evocação dessas catástrofes, apesar de parciais, serve para nos divertir com a catástrofe nuclear que, doravante, ameaça o planeta inteiro.

Inversão de perspectiva sem precedentes: pela primeira vez, ao invés de levar ao mais longínquo limite, o imaginário traz para o limite mais próximo; também pela primeira vez, em vez de abrir o horizonte, ele o fecha, valendo-se essencialmente do que pode ser verossímil, de modo que as atuais encenações da catástrofe a simulam para lhe negar, antes de tudo, seu caráter improvável. Assim, reduzindo-se à extrapolação de uma situação-limite, tais encenações acabam por privar a catástrofe do alcance imaginário que ela sempre teve, bastando para isso suprimir aquela parte de desconhecido implícito de que ela era a portadora.

Difícil me convencer de que não assistimos aí a uma censura progressiva do sentimento da catástrofe, que, desde o fim do século XVIII, aparecia como negação global da ordem das coisas, que, por ser fictícia, fornecia a medida infinita de nossa liberdade. Com o surgimento da situação nuclear e a efetivação do recalque do perigo da aniquilação geral, essa força está sendo exaurida como a fonte mesma de nossa capacidade crítica. Por certo, poderia se contrapor aqui o argumento de um "novo desejo de catástrofe" que, a se crer em sociólogos, filósofos e jornalistas, seria característico da nossa época.

Ao se interrogar com justeza sobre a complexidade desse novo "desejo de catástrofe" ao qual dedicou um livro,[7] Henri-Pierre Jeudy distingue nele, antes de tudo, "a expressão mesma do fracasso dos projetos para o futuro",[8] nos quais a "fascinação pelo risco" seria uma forma de resistir à uniformização. Esta seria tanto maior na medida em que "um tal culto do risco, num quadro de superproteção e de ameaça de catástrofe, oferece também a crença de que se está apto a escolher e a negar a soberania do espetáculo do mundo".[9] Ora, realmente não me parece haver melhor argumento para mostrar a que ponto esse "desejo de catástrofe" supõe uma negação da própria noção de catástrofe, negação subentendida no projeto de controlar o que é catastrófico, como aponta ainda Henri-Pierre Jeudy, uma vez que, nessas condições, "de fato, o indivíduo participa de uma ética universal fundada no máximo êxito de todos os modos de gestão e o risco se impõe como valor decisivo".[10]

Dito de outro modo, a censura do sentimento de catástrofe se exerce pela contrafação que consiste em confundir catástrofe e risco máximo. Nesse sentido, a constatação é tão desoladora quanto terrível é a ilusão. Catástrofe como meio de adaptação: será possível que o imaginário

---

[7] JEUDY, Henri-Pierre. *Le désir de catastrophe*. Paris: Aubier, 1990.
[8] IBID., op. cit., p. 148.
[9] IBID., p. 149.
[10] IBID., p. 150.

HISTORIA UNIVERSAL
DOS
TERREMOTOS,
QUE TEM HAVIDO NO MUNDO,
de que ha noticia, defde a fua creaçaõ até
o feculo prefente.

Com huma

NARRAÇAM INDIVIDUAL
Do Terremoto do primeiro de Novembro de 1755., e noticia verdadeira dos feus effeitos em Lisboa, todo Portugal, Algarves, e mais partes da Europa, Africa, e América, aonde fe eftendeu:

E huma

DISSERTAÇAÕ PHISICA
Sobre as caufas geraes dos Terremotos, feus effeitos, differenças, e Prognofticos; e as particulares do ultimo.

POR

JOACHIM JOSEPH
MOREIRA DE MENDONÇA

LISBOA:
Na Offic. de ANTONIO VICENTE DA SILVA.

Anno de M.DCCLVIII.

Com todas as licenças neceffarias.

tenha nos traído a esse ponto? Melhor seria não acreditar nisso. Mas basta considerar as sucessivas denegações em torno do imaginário catastrófico nos últimos cinquenta anos para verificar como se operou essa inversão no sentido da catástrofe.

E, no entanto, desde os anos 1950, as hordas de monstros pré-históricos ou de animais gigantescos (formigas, aranhas) que surgiram como consequências inevitáveis de manipulações atômicas desastradas, não invadiram telas e livros de ficção para se autoproclamarem os arautos sinistros de um fim do mundo que não mais se deixa representar?

Claro, mas o advento desses monstros também é o pretexto para uma primeira renegação da realidade nuclear. Esse fim do mundo, que não se pode figurar mas que se evoca mentirosamente por meio da aberração animal, passa a ser objeto de uma pura e simples recusa nos anos 1960, quando, apesar da gravidade da situação, se recorreu ao artifício fácil do charmoso espião, que tem em James Bond o principal protótipo. Símbolo dessa única possibilidade de vencer o perigo atômico, ele representa a aliança da maior parafernália técnica com a tradição política mais conservadora. E isso exatamente no momento em que a modernidade técnica começa a aniquilar todas as formas de tradição, boas ou más, e a revelar, ao mesmo tempo, que não basta retirar dos malvados as armas nucleares, , como faz James Bond, pois, no fim das contas, não há boa ou má utilização do átomo no interior de uma civilização essencialmente predadora como a nossa.

Por certo, o subterfúgio não está à altura de um temor crescente que leva a uma terceira denegação, pois, mal terminados os anos 1960, a precisão arbitrária de datas-títulos como *2019*, *2024* ou *2227* atravessa como um traço o ridículo otimismo da década finda, para abrir — tal qual um rasgo na névoa ideológica que se torna mais espessa com a angústia — caminho para a devastação do pós-catástrofe. No entanto, essa precisão temporal tem por efeito tão somente levar a uma imprecisão espacial das mais inquietantes. Uma vez mais, para não representar a catástrofe, evocamo-la através da acumulação de vazios e de ausências que ela implica. Entra em cena um mundo oco. Com exceção de escombros de objetos de consumo, não sobra sequer uma ruína para colocar em dúvida a espantosa limpeza pelo vazio que então se opera no espaço imaginário. Previnem-se os construtores de que se trata apenas de um cenário no meio da devastação. Aliás, isso só vale até a chegada de criaturas híbridas entre o homem e o robô, que, como em *Blade Runner*, simbolizam a um só tempo essa progressão do vazio no interior do homem e a ameaça constituída por seres cuja humanidade nada mais é que aparência.

Terceira denegação que é, ao mesmo tempo, uma confissão: para escamotear o risco de aniquilamento geral que doravante hipoteca toda vida, eis que paradoxalmente o vazio se torna o cadinho de uma proliferação técnica que se desenvolve lá onde cede lugar o que resta de humanidade. A partir dos anos 1980, tudo parece até mesmo se decidir entre o mais e o menos de humanidade. Por mais que um indivíduo queira escapar ao processo de desumanização em curso, ele não dispõe de nenhum recurso exterior a si mesmo, sendo obrigado a agir num completo desligamento em tudo oposto à panóplia de *gadgets* que caracterizava cada movimento de James Bond. Se este, para vencer, apoiava-se na aliança da técnica com a tradição, um herói como Mad Max, para sobreviver, deve combater a aliança da técnica com a barbárie. Aliás, ainda demasiado humana, a barbárie rapidamente desaparece em face do imperialismo absoluto da técnica. Em contrapartida, os tipos que não buscam resistir à desumanização de uma técnica que vem satisfazer todas as necessidades, proliferam em grupos parapoliciais, aterrorizando quem quer que pretenda escapar a essa concepção ortopédica da vida. Assim, o herói de *Brazil*, por mais que dê provas de sua notável disposição para a sabotagem, ao lado de dois ou três cúmplices desconhecidos, acaba esmagado, menos pela todo-poderosa técnica que pelo conluio

da técnica com o vivente. Enfim, por ignorar que, em tais condições, toda oposição torna-se não só impossível mas também impensável, ele não pode ao menos partilhar com Mad Max a condição de sobrevivente carente de tudo: ele é um condenado a quem tudo oprime.

Quarta denegação que contém todas as outras: para não afrontar uma morte presente como nunca na realidade nuclear, faz-se dela um princípio construtor. Pois a melhor maneira de evitar uma representação da catástrofe, que levaria inevitavelmente a determinar suas circunstâncias, consiste em uma aposta absoluta numa retomada da vida, ainda que ela deva se apoiar sobre as forças da morte. Assim, enterrando-se em verdadeiras próteses no subsolo, desenvolvem-se universos artificiais, fechados em si mesmos, diante dos quais só resta ceder à evidência de que doravante a vida é um produto de síntese, completamente indiferente ao meio ambiente. Estritamente concebidas para hierarquizar e controlar quem as habita, tais arquiteturas subterrâneas se caracterizam por nunca modificar o mundo devastado no qual elas se inserem, bem como jamais serem por ele modificadas. Autônoma até não mais precisar de troca nem de transformação, a vida recomeça sem nenhum outro projeto que não seja sua própria continuação. E é aqui que o imaginário remete catastroficamente ao real, uma vez que, tanto num como noutro, trata-se tão somente de *administrar os estragos*.

*

Sim, administrar estragos, pois infelizmente esta me parece ser a expressão que dá conta tanto do que vivemos como do que pensamos. Assim, por ocasião das recentes catástrofes como a de Chernobyl, a do desaparecimento do mar de Aral ou a da deterioração das florestas da Polônia ou da Tchecoslováquia, não foram poucos os que se resignaram a um biscate técnico mais ou menos confiável para não remontar às verdadeiras causas desses desastres. Do mesmo modo, em vez de aplicar todos os meios para encontrar uma maneira de escapar a tal situação, a maior parte de nossos pensadores parece ter como principal preocupação salvar a ficção de uma relação com o mundo cada vez mais mentirosa. Aliás, não é o mesmo antropocentrismo arrebatado que encontramos tanto por detrás de todos esses mundos separados do pós-catástrofe quanto de todos os projetos de desconstrução tão na moda, cujo famoso "desaparecimento do sujeito" supõe a formulação arbitrária de interpretações implantadas que deveriam desmantelar toda rede de sentido?

Sob essa ótica, pergunto inclusive se a estética do fragmento, que desde o pós-guerra acabou sendo o ponto de encontro paradoxal das diferentes modas intelectuais, não se travestiu de um engodo para evitar que se pensasse uma desintegração do ser e das coisas que é inerente à nuclearização do mundo, ainda que a simulasse simbolicamente. E contra isso, seria inútil argumentar com a atual exaltação do narcisismo: esta caminha em paralelo ao esmagamento da individualidade, assim como uma nova poética do real, que a ele se submete, acompanhando a proliferação de todas as formas de dissimulação.

Como então ser diferente quando o imaginário catastrófico deste tempo vem reiterar o real em vez de nos incitar a mudá-lo? Por que não nos contentaríamos com simulacros quando nos divertimos em imaginar mundos onde a natureza desapareceu por completo e onde uma vida, indiferente ao desaparecimento de toda fauna e flora, se perpetua segundo o modelo da técnica? E se, no domínio da ficção, a monstruosidade desse novo vitalismo técnico, que prospera da total ausência da natureza, pouco chamou a atenção, não será por que ela nos devolve quase sem exageros a imagem do que nos serve de concepção de vida? Não que eu deplore, com isso, o triunfo simbólico do artifício sobre o natural. Antes, lamento ver aí a repercussão da evidência de que, desejando sujeitar o mundo a si, o homem conseguiu tão somente alargar sua prisão, já que nenhuma harmonia exterior a ele será possível depois do que ele concebeu na condição de mestre irresponsável.

Ora, é precisamente essa irresponsabilidade que o imaginário catastrófico e a ideologia dominante justificam e reforçam, aquele visando exclusivamente as retomadas da vida tão pontuais quanto estranhas a qualquer equilíbrio natural, esta negando toda possibilidade de sentido por meio do terror desconstrucionista. O que dá no

mesmo, pois o sentido que os desconstrucionistas combatem é, antes de tudo, aquele que passa de uma significação à outra, ou seja, aquele que as une remetendo, queiramos ou não, à coerência do que vive.

Coerência que, por ter sido achincalhada durante tanto tempo, hoje em dia se afirma catastroficamente para provar que tudo se sustenta. E foi preciso a série de recentes catástrofes ecológicas para descobrir, através da interdependência entre a ideologia e a paisagem — que as atuais representações imaginárias da catástrofe, todas, se esmeram em negar —, uma relação estreita entre o tratamento que a Tchecoslováquia, a Polônia ou a Alemanha do Leste reservaram às suas florestas, atualmente devastadas pelos gases industriais e pelas chuvas ácidas, e o pouco caso que esses países fizeram da liberdade individual.

Por tal razão, seria difícil encontrar um desmentido mais constrangedor que esse para uma modernidade teórica que aplica toda sua energia em buscar na história das ideias a própria noção de sentido. Ainda mais porque o risco está longe de ser unicamente intelectual, como querem nos fazer crer, pois o surgimento de um sentido depende muito menos de nossas ideias que de nossos modos de ser. Estes, de fato, implicam aquilo que nos cerca, e tal implicação é tão concreta quanto simbólica.

Por outro lado, se os ecologistas podem se vangloriar de terem sido os primeiros a se preocupar com os equilíbrios naturais, deve-se lamentar que eles sempre tenham excluído a relação das ideias com os seres e as coisas, condenando-se assim a uma atividade de especialistas, tendo tão somente o direito de se gabarem da intenção de limitar os estragos quando todos os outros se contentam em administrá-los. No que me concerne, percebo a mais alucinante catástrofe ecológica nessa impossibilidade crescente de conceber a realidade da troca simbólica que nunca cessa de se produzir entre as ideias, os seres e as coisas. Troca que toda iniciativa ecológica tenta deturpar justamente por não poder controlá-la. Troca sem a qual a poesia, sendo sua testemunha por se valer da coerência analógica, jamais teria tido a força de subversão que perdeu não faz muito.

Digo ainda que já não se trata mais de deturpar, mas realmente de negar a realidade dessa troca, para que se aprenda a não ter sequer a consciência da nossa infelicidade. Daí que a poesia atual, constituída de especulações linguageiras que remetem apenas a ela mesma, se constrói cada vez mais pela anuência à ordem das coisas, do mesmo modo que, fechados sobre si mesmos, os novos mundos imaginados do pós-catástrofe se impõem como verdadeiros módulos de resignação. Que não se duvide de nossa capacidade de mensurar a que ponto todas essas contra-utopias da devastação se opõem a uma tentação de fim de mundo, que, até a realidade nuclear, era induzida pelo desejo paradoxal de reconstituir o mundo — quer dizer, de recorrer tanto às forças naturais (vulcões, ciclones, terremotos) como a outras forças que, justamente por serem desmedidas, podem responder à medida excessiva do pensamento.

Não estou muito longe de acreditar que, no interior da própria resignação do imaginário catastrófico de hoje, se manifesta também a secreta esperança de ver surgir não a devastação, o que permite a sobrevivência, mas o caos que abre para a desordem da vida. É, aliás, nessa ambiguidade que nossa sociedade de consumo aposta, produzindo o discurso suscetível de se fazer passar por sociedade do consumo. "'A morte excitante' é, com efeito, um dos temas favoritos da publicidade que retoma a fascinação comum por um universo de segurança total e de catástrofe", nota Henri-Pierre Jeudy,[11] evocando o tipo de contradição alucinante pela qual, por nos preocuparmos apenas conosco, nos desviamos da própria possibilidade do sentido. Quer dizer, do sentido que é tão somente abertura para o que não somos, e é igualmente abertura física, para remetermos à forma como Novalis define o pensamento: como as partes genitais da natureza. Sem essa busca essencial do que é outro, não há amor, nem pensamento. Inútil perguntar por que tentamos, num domínio ou noutro, ocultar a percepção física dessa alteridade, que é também estranheza: nela, e apenas nela, é que se encontra o sentido desentranhado do aparato estético pelo qual tornamos irresponsáveis nossos gestos e nossas palavras.

---

[11] Op. cit., p. 46.

Não que seja fácil enfrentar essa erradicação do sentido, ainda mais quando a impossibilidade de exercer aquela negação infinita, própria do sentimento da catástrofe, nos priva de uma familiaridade com o caos que permite ao pensamento afrontar a totalidade do que ele não é. Mas a questão que atualmente se coloca é a de saber o perigo a que estamos expostos ao nos privarmos dessa estranheza que o sentimento da catástrofe provocava, como se tal necessidade fosse uma parte de nós mesmos que se conectava com um outro tempo, com uma duração alheia à medida humana, para nos lançar ao coração do que é, lá onde nós também somos a terra, a água, o ar ou o fogo. Uma parte de nós mesmos que cruelmente nos falta na atualidade, quando as catástrofes que nos ameaçam parecem sempre referidas ao fato de que o fogo não é mais fogo, o ar não é mais ar, a terra não é mais terra...

Paradoxalmente, é desse *aprendizado do inumano* que as atuais catástrofes, reais ou imaginárias, nos privam, fazendo o mundo e sua destruição dependerem exclusivamente da vontade humana. Pois, paradoxo ainda maior, o que se encontra gravemente em questão é essa humanidade, que começa precisamente com a consciência do que nos religa sem cessar ao inumano e do que por vezes dele nos separa. Não bastaria, de fato, que o homem perdesse essa consciência, não bastaria que ele chegasse a se considerar o mestre do universo para que sua demasiado humana inumanidade, negando de uma só vez o humano e o inumano, se despertasse derrisória e mortífera?

*

Tal é a situação em que nos encontramos. As últimas transformações do sentimento da catástrofe dão sinal de que não só nossa relação com o inumano se torna cada vez mais difusa como também de que o homem se torna cada vez menos homem. Em tais condições, comprazemo-nos com a agitação do pensamento científico em torno da "teoria do caos", cuja formulação matemática data de 1975. Essa nova "sensibilidade em torno das condições iniciais" por certo anuncia outra sensibilidade com relação à interdependência dos seres e das coisas. Não seria ela sugerida pela imagem, talvez indignada mas eloquente, empregada em 1963 pelo meteorologista Edward Lorentz ao afirmar que "o bater das asas de uma borboleta na baía de Sidney, na Austrália, pode bastar para fazer com que, uma semana mais tarde, um ciclone se abata sobre a Jamaica"?

Se a "teoria do caos" possibilita captar, no quadro de uma "ciência da desordem", fenômenos tão diversos quanto as instabilidades do sistema solar ou as flutuações das bolsas, as cristalizações dendríticas ou as mudanças meteorológicas, a propagação de um incêndio ou a dinâmica dos grupos sociais, é difícil não nos chocarmos com a ambiguidade semântica de expressões como "ordem caótica" ou "caos determinista", que visam apenas "representar" fenômenos de aparência anárquica. Aliás, irritados com a moda do caótico, físicos e matemáticos insistem no caráter restrito desses fenômenos quase sempre governados por parâmetros raros, ao contrário do que se costuma pensar. Há mesmo uma estranha similitude entre esse uso *a contrario* do termo "caos" para designar, no domínio científico, um fenômeno limitado, descritível e mensurável, e a equivalente contra-utilização da "catástrofe" pela ficção atual para evocar desastres limitados.

Resulta daí uma inquietante coerência, como se as evocações de desordens parciais, científicas ou fictícias, por meio de palavras que as extrapolam, servissem para semear a imprecisão, justamente para nos impedir de conceber a totalidade. E, nos impedindo de conceber a totalidade, servissem igualmente para camuflar o modo como a deterioração da natureza caminha em paralelo com a do imaginário.

*

Foi o que almejei aqui: buscar reconhecer a qualidade da tensão vital que faz surgir em nós o

desejo da maior estranheza, por ser justamente o que está na origem do sentimento de catástrofe. Que para tanto eu tenha evocado, por exemplo, desde o Caos primordial até a "teoria do caos", isso resulta da *perspectiva depravada* pela qual optei, cuja característica está em "dar a ver as coisas lá onde elas não estão".[12] Mas teria eu podido abordar de outro modo uma questão tão fugidia, que constantemente põe em jogo o imaginário e o real como nossas razões de viver e de não viver?

Se toda *perspectiva depravada* supõe uma visão imprecisa, é justo nela que me reconheço. Meu ponto de vista nada mais pretende que ser um "capricho de inversão óptica", mas que "se refaz segundo registros diferentes".[13] Com a vantagem, ou o inconveniente, de que o objeto desta reflexão é em si mesmo um ponto de vista: toda catástrofe, real ou imaginária, pode ser considerada uma gigantesca anamorfose que procederia igualmente "por uma intervenção dos elementos e das funções".[14] Isso significa dizer que, "no lugar de uma redução progressiva a seus limites visíveis, é uma dilatação, uma projeção das formas para fora de si mesmas, conduzidas de modo que se erijam de novo num ponto de vista determinado: uma destruição para um

---

[12] Baltrusaitis, J. *Anamorphoses*. Paris: Flammarion, 1985, p. 2.
[13] Ibid., p. 6.
[14] Ibid., p. 5.

restabelecimento, uma evasão que implica um retorno".[15]

Daí a força de fascinação da catástrofe, impondo-se durante séculos como virtualidade realizada. Ocorre que, a partir do momento em que o real sequestra o imaginário, como acontece hoje, podemos nos perguntar se a poesia — semelhante à catástrofe pela liberdade com que surge, impelindo rumo à loucura do infinito —, ainda pode encontrar, através da forma, o meio de nos contrapor ao indeterminado que nos ameaça. Podemos inclusive interrogar se a forma — justamente por organizar o caos que nos funda, tal qual uma catástrofe desejada — não está nos escapando. Da resposta a essas questões depende tanto o nosso futuro quanto o da poesia, se for verdade que esta, como a catástrofe, está na origem do sentido. A meu ver, como a poesia nos faz sistematicamente "ver as coisas onde elas não estão", ela é a catástrofe que cria sentido. Foi o que me coube lembrar aqui e agora, quando a própria noção de catástrofe vem servindo de modelo à falência do sentido para, assim, bloquear todas as saídas.

Mas, afinal, onde estão os nossos vigias?

---

[15] Ibid.

Posfácio

*A "perspectiva depravada"
de Annie Le Brun*

Fábio Ferreira de Almeida

> *L'imagination n'est pas, comme le suggère l'étymologie, la faculté de former des images de la réalité; elle est la faculté de former des images qui dépassent la réalité, qui chantent la réalité.*
>
> Gaston Bachelard

> *En vérité, Juliette, je ne sais si la réalité vaut les chimères, et si les jouissances de ce que l'on n'a point ne valent pas cent fois celles qu'on possède: voilà vos fesses, Juliette, elles sont sous mes yeux, je les trouve belles, mais mon imagination, toujours plus brillante que la nature, et plus adroite, j'ose le dire, en crée de bien plus belles encore.*
>
> Marquês de Sade

Da leitura deste ensaio, poderia talvez ficar o sentimento de que ele reforça e aprofunda um inevitável pessimismo e o desacorço em face dos acontecimentos que, mundo afora, alimentam os noticiários. Mas o texto de Annie Le Brun exige releituras e meditação. Ao longo delas se vai percebendo que, na verdade, é a poesia que está por trás de suas análises, servindo-lhes de sustentação. Talvez devêssemos, precisamente por isso, recusar o termo análise às suas reflexões. Em outro ensaio vigoroso, de 1988, intitulado Appel d'air, *do qual este* O sentimento da catástrofe *é claramente uma retomada, a autora declara que escreve "como quem força uma porta".*[1] *E escrever assim não é pensar com os músculos, com os nervos, não é pensar como quem respira? Novalis, lembra-nos aqui Annie Le Brun, definia o pensamento como "as partes genitais da natureza", ao que ela emenda: "Sem essa busca essencial do que é outro, não há amor, nem pensamento". E de fato, é a* perspectiva *de suas análises o que, ao final, mais importa destacar.*

Dessa perspectiva, a meditação nos assalta do mais profundo dos desastres (climáticos, ambientais, políticos, sociais, humanitários, sanitários, biológicos) que pontuam a história da humanidade e o nosso presente. É como se, ao olharmos para fora de nós mesmos, para tudo isso que somos pouco capazes de compreender e quase não somos capazes de sequer olhar de frente, tudo isso de repente nos invadisse e, de um golpe seco, nos lançasse no abismo escuro que nós mesmos somos e que tampouco reconhecemos. Essa parece ser a porta que o pensamento deve forçar; o limite, enfim, que, como um sexo em riste, ele deve romper. Tal "atitude", maneira singular de estar no mundo "que não exclui nenhum meio de percepção, que não exclui nenhuma forma de expressão",[2] *parece ser a lição fundamental dos autores que constituem as principais referências para*

---

[1] Le Brun, Annie. *Appel d'air*. Paris: Verdier, 2012, p. 84.
[2] São palavras de Annie Le Brun em entrevista a Katrine Dupérou. Disponível em: <http://inventin.lautre.net/>.

o pensamento de Annie Le Brun. Afinal, na brevidade e desmesura dessa hora calma da verdadeira meditação é que explode o ato *lautréamontiano. Desse repentino bloco de silêncio, grita também o gozo dos libertinos de Sade. Essa obscuridade do abismo é que inflama o pensamento.*

Revela-se, assim, o essencial: a unidade entre o que nós somos e a natureza da qual insistimos em nos separar. Eis a radicalidade da perspectiva que identifica amor e reflexão e, desse modo, também gozo e meditação. Engana-se, porém, quem acredita que, diante do que acontece, se deva escolher entre a arrogância bem-pensante do pessimista e a complacência resignada do otimista. Nada, a rigor, os distingue, pois, em tom cinzento ou rosa-pálido, ambos repetem em coro o mesmo morno motivo: "a vida continua". A confiança incondicional na poesia nos defende dessa privação de perspectiva, dessa ausência de pensamento e, a cada página deste ensaio, Annie Le Brun mostra que, se tal perspectiva é possível, ao mesmo tempo é necessário estar à altura de suas exigências. Pois, lembrar que Fukushima não é Chernobyl é perceber que as erupções do Etna e do Vesúvio, assim como o terremoto de Lisboa e o tsunami tailandês, trazem o homem para o centro da terra, isto é, retiram-no daquele ponto de vista arquimediano de onde todas as coisas parecem estar à sua disposição porque conhecidas — ou conhecíveis — e nos lançam ao encontro do inteiramente outro, do essencial.

Desde Platão até a psicanálise e as mais recentes derivas da fenomenologia, passando por Descarte e Kant, é disso que o pensamento se afasta. Foi o privilégio da visão que estabeleceu o divórcio entre homem e natureza, entre razão e mundo; enfim, entre a natureza humana e a physis *indomável. Mas, tal qual uma febre, há aqueles que carregam vulcões por dentro e, por isso, o século das Luzes não ofuscou o brilho do pensamento que é também imaginação vertiginosa, e a voz de Sade não cessou ainda de ecoar. Nesse sentido, o fascínio do divino marquês por vulcões, tão bem analisado em mais de uma ocasião por Le Brun, não faz mais que explicitar seu fascínio pelo homem. Um humanismo* depravado, *diríamos nós, resgatando o título original deste ensaio que se acabou de ler.*

Sempre grandioso, o espetáculo da natureza teria inclusive a função de incitar o indivíduo a se confundir com ela, para que se apagasse nele todo indício natural de um enraizamento negador do desejo, do qual o sentimento da catástrofe seria uma longínqua mas persistente arborescência. Nesse sentido, a verdadeira poesia — e nisso ela vai ao encontro da catástrofe — consistiria em sacudir os bosques adormecidos de uma paisagem cuja grande perspectiva erótica se tenta o tempo todo camuflar.

Para a autora de O sentimento da catástrofe, *o pensamento requer precisamente essa perspectiva. Por isso, não se pode pensar, como também não se pode amar, sem boa dose de coragem. É o que significa "pensar à luz de Sade".*

Assim, há pensamentos que, escondidos, entorpecidos e, contudo, prontos a se animarem, esperam que a mínima presença estranha venha lhes atormentar o descanso. Talvez esperássemos até mesmo que todo encontro viesse abalar a hierarquia, quase sempre precária e sempre fictícia, de nossas preocupações, desviando de repente o curso da reflexão para trazer à luz o que havia se instalado na penumbra.

Como o terremoto de Lisboa, como a erupção do Etna, como o tsunami tailandês, Juliette é esse espetáculo fascinante e avassalador do homem; é a explosão da face escura de Emílio, a erupção de seu lado mais profundo. E para tal Emílio às avessas há adjetivos que sempre se pode ler de um modo que não seja demasiado humano: libertino, assassino, pornográfico, depravado. *Daí a pedagogia alegre que nos ensina que liberdade é iluminação, indicando o* aprendizado do inumano *para o qual Annie Le Brun não se cansa de nos tentar despertar.*

A imaginação é, assim, divina e, como toda catástrofe real, por maior que seja hoje a precisão do homem para prevê-las, ultrapassa o que podemos humanamente conceber. Diante da homologia entre o real e o imaginário, não é a figura de um deus depravado que surge diante de nós? Mas, à medida que, pela imaginação, se ultrapassa a realidade, também não se nos revela um homem lascivo e divino? O paradoxo de tais imagens só espantará aquele para quem pensamento é ordem geométrica, pois nem mais a ciência aceita essa magra imagem do mundo, o que, aliás, também não escapa às reflexões de Annie Le Brun. Seu pensamento quer nos mostrar um outro ponto de vista que não o clássico arquimediano. Situa-se no mais profundo da realidade, que é de onde as imagens pré-fabricadas dos filmes-catástrofe, assim como a imagem de um mundo sujeito à vontade humana tão fácil e imperceptivelmente nos afasta, pois a lua real está precisamente em algum lugar entre a lua metafórica que os poetas criam e a lua geométrica criada pelos cientistas, como constata extasiado Victor Hugo.[3]

Quando é dado ao homem ter tudo nesta Terra, a faculdade da imaginação, do sonho, o devaneio enfim, surge para mostrar que o que não temos vale, com efeito, cem vezes a totalidade de tudo que temos. É o que Victor Hugo aprendeu a ver no observatório de Paris: a súbita descoberta da Lua com seus promontórios e vulcões, a Natureza que conduz "à fonte de uma imaginação sempre em busca de si mesma, em busca do inalcançável".[4] *Por isso mesmo, o presente ensaio — e da poesia, aliás, não se dirá o contrário —, pede releituras para que se aprenda a ver o real que é mais além, e o sublime que o próprio Deus, se acaso existisse, jamais seria capaz de inventar...*

---

[3] Cf.: Hugo, Victor. *Le promontoire du songe*. Paris: Gallimard/L'Imaginaire, 2013, p. 25.
[4] Le Brun, Annie. "Préface". In: Hugo, op. cit., p. 10.

Sobre os autores

ANNIE LE BRUN (1941) é poeta e ensaísta francesa. Participou do grupo surrealista de Paris no início dos anos 1960, quando se aproximou de Breton e de outros integrantes do movimento. Tal afinidade marcou seu ensaísmo, voltado tanto à crítica da cultura quanto à interpretação de autores como Alfred Jarry, Raymond Roussel, Michel Leiris e Aimé Césaire, entre outros. É autora de importantes estudos sobre Sade, entre os quais *Soudain un bloc d'abîme, Sade*, publicado originalmente em 1986 como volume de abertura da edição crítica das *Obras completas* do marquês, que organizou ao lado do editor Jean-Jacques Pauvert. Traduzida em diversas línguas, sua extensa obra vem sendo reeditada pela Gallimard desde meados dos anos 1990, incluindo a reunião de seus livros de poesia (*Ombre pour ombre*, 2005) e o recente ensaio sobre Victor Hugo (*Les Arcs-en-ciel du noir: Victor Hugo*, 2012). Em 2014, assinou a curadoria da exposição *Sade — Attaquer le soleil*, que teve lugar no Musée d'Orsay em Paris e que resultou em livro homônimo. Seu último trabalho, também publicado pela Gallimard, é *Radovan Ivšić et la forêt soumise*, em homenagem ao poeta croata, morto em 2009, com quem foi casada.

FÁBIO FERREIRA DE ALMEIDA, tradutor deste livro, é professor de filosofia na Universidade Federal de Goiás. Traduziu, entre outros, *Michel Foucault, morte do homem ou esgotamento do cogito?*, de Georges Canguilhem (Edições Ricochete, 2012); *Lautréamont*, de Gaston Bachelard (Edições Ricochete, 2013); e *O engajamento racionalista* (Editora 34, no prelo).

ELIANE ROBERT MORAES é professora de Literatura Brasileira na Universidade de São Paulo (USP), e pesquisadora do CNPq. É autora de diversos ensaios em torno do imaginário erótico nas artes e na literatura, entre os quais estão *O corpo impossível* (2012), *Perversos, amantes e outros trágicos* (2013), e *Sade: A felicidade libertina* (2015), todos publicados pela Iluminuras. Também assina a organização da *Antologia da Poesia Erótica Brasileira* (Ateliê, 2015).

CADASTRO
ILUMI**N**URAS

Para receber informações
sobre nossos lançamentos e
promoções envie e-mail para:

cadastro@iluminuras.com.br

Este livro foi composto em Garamond pela *Iluminuras* foi impresso nas oficinas da *Paym gráfica*, em São Paulo, SP, sobre papel off-white 90 gramas.